## 屁屁偵探

隨時隨地都很冷靜。
喜歡熱騰騰的飲料和甜甜的點心
（特別是地瓜派）。
興趣是享受午茶與閱讀。
口頭禪是「嗯哼，有可疑的氣味喔」。

## 布朗

屁屁偵探的助手。
個性率真，但性經常因為
High過頭而粗心大意。

## 店長

咖啡店「幸運貓」的老闆。
消息十分靈通。很相信會帶來幸運的
各種吉祥飾品。擅長廚藝，能做出
無敵好吃的地瓜派。
本名是「阿球」。

## 小鈴

店長的女兒。
不拘小節、個性爽朗的帥氣女生，
好勝心強。興趣是搖滾樂及拳擊
（不僅觀賞，還會去親身體驗）。

# 屁屁偵探 讀本

## 幸運貓落到誰手上！

因為紀念日就快到了，
不久就要和好一陣子
沒見的父親大人碰面。

嗯哼，禮物
該怎麼辦呢⋯⋯

文・圖＝Troll　　譯＝張東君

遠流

# 幸運貓落到誰手上上！

某天下午，工作告一段落的
屁屁偵探和布朗
為了享受下午茶，來到
「幸運貓」咖啡店。

屁屁偵探，歡迎，歡迎！
您來得正是時候！

嗯哼，店長。您有
什麼事情要找我嗎？

「我正好要去找您，
想拜託您陪我去參加
拍賣會呢。」

唔，拜拜？

拍賣就是將沒有標上價格的
物品，讓想要的人相互出價
競爭的一種購買機制。

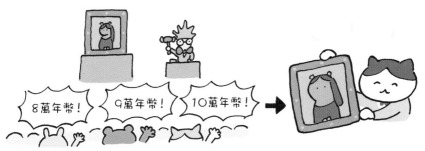

8萬年幣！　9萬年幣！　10萬年幣！

出價最高的人就能夠買下那樣東西。

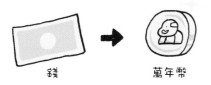

錢　→　萬年幣

在「螺富比」拍賣會場，必須先
把錢換成萬年幣之後才能參加
競標。

究竟是誰能夠買下呢？
這是一場緊張刺激
的戰爭唷！

「我想要買的，
是這3件一組的招財貓……」
店長翻開圖錄。

• 招財貓 小
從前好像是放在殿下
的房間內，不過也可能
不是。

拍賣品編號15

• 招財貓 中
酷酷的眼神很美

拍賣品編號16

招財貓又
稱為幸運貓喔。
那也是我們店名
的由來。

哦——

• 招財貓 大
粗獷的面貌是其特徵

拍賣品編號17

這叫做「三連
招財貓」，
原本是
一整組的。

您不覺得
那跟我們家有點像嗎？

「其實再過不久就是我和妻子
小雪的結婚20週年紀念，所以
我無論如何都想把這組招財貓
買下來，當成禮物送給她。」

愛情的信物！　像是那樣的感覺吧。

4

「這麼說來，我還沒見過小鈴小姐的媽媽呢。」
布朗說了以後，小鈴就把照片拿了出來。
「因為我媽媽很忙啊。」

哇，好美啊！
原來小鈴小姐
長得比較像爸爸哩！

你這話是
什麼意思！

啪啦啪啦翻看著圖錄的
屁屁偵探開口說話了。

那麼，我就和您
一起去參加
拍賣會吧。

真不好意思，屁屁偵探。
因為我是第一次參加拍賣會，所以
光是您能陪我去，就讓我安心不少呢。

到了舉行拍賣會的當天。

「哇！大家都打扮得好正式。」
小鈴說。

「嗯哼，『螺富比』是歷史十分
悠久的拍賣公司，所以會規定
服裝穿著。」

哇！

所謂服裝規定，
是指依照場合而
要求特定的穿著。

拍賣會場內滿滿的都是人，
好熱鬧。

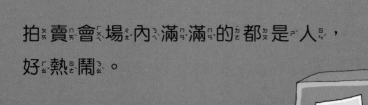

想要參與競標的人
請先來這裡
把錢換成萬年幣。

20 萬年幣！

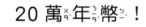

25 萬年幣！

咚！

拍賣品編號 3 號——
「戴頭巾的山羊」
最終以 25 萬年幣
成交！

店長把帶在身上的錢，拿去換了 40 萬年幣。

我們先到大廳去休息吧。

屁屁偵探一行人在等招財貓登場。這個時候，有位男士出聲打招呼。

這不是店長嘛！

店長，你今天打扮得好帥啊！

屋代牙美
從事房屋仲介的工作

卡妮爾
店長常去的毛蟹理髮廳的美髮師

嗨，大家好。

店長也是為了「三連招財貓」來的嗎？在招財貓收藏者之間，那也是罕見的逸品呢。我也想3件一起買到手！

雖然拆開會讓收藏的價值變低，
不過我至少要搶到1個！
我要放在店裡，
讓生意興隆！

想要競標的物品

手上持有
10萬年幣

我想要得標的是「中」。
那個表情好酷好帥氣啊！

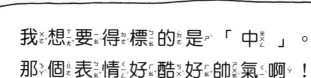

想要競標的物品

手上持有
15萬年幣

哦呵♡，美容運應該
會提升吧！

呵呵呵！招財貓比原本預期的要受歡迎呢。

大家轉頭看向聲音來源，
那裡站著一位身材很健壯的男士。

在下是一名古藝品商，
名叫鼠錢藏。

請各位

多多指教

古藝品商？

以買賣古代的
藝術品為生的人。

什麼啊，原來你看上的目標
也是招財貓嗎？那麼，在這裡的
大家都是競爭對手呢。

「最重的招財貓，一定
會是在下我得到的喔。」
說完以後，鼠黨三口組
就走進拍賣會場。

競標——

請手下留情
喔——

拍賣仍在繼續。

拍賣品編號12號——
「前往故鄉的指標」
成交！

咚！

啊……
8萬年幣！

「提問之筆」
成交！

咚！

6萬年幣！

「誓言之器」
成交！

咚！

7萬年幣！

嘿喲！
嘿喲！

布朗，輪到
招財貓了喔。

接下來，「招財貓小㺬」的
競標開始。

拍賣品編號 15 號——
「招財貓小㺬」。

2 萬年幣！

「老爸， 有魄力的出擊吧！」
小㺬看向店長的時候， 發現店長
緊張到全身僵硬。
「氣勢完全被會場氣氛
壓過去了呢……。 屁屁偵探，
請給他一點建議吧！」

店長，首先來個深呼吸。
回想一下剛剛跟屋代牙美先生的對話，應該就能得標喔。
店長只要出多少萬年幣就勝券在握呢？ 鼠錢藏先生似乎沒有要動作，這裡應該是店長和屋代牙美先生一對一單挑吧。

2 的後面是 3，所以是 3 萬年幣！

咚咚咚的直接用 100 萬年幣來搶標吧！

呼——。呃，欸，11 萬年幣對吧……

嗯哼，不對喔。屋代牙美
先生還有 8 萬年幣，所以
有可能會輸掉。

4萬年幣！

嗯哼，不對喔。這個數目遠遠
超過店長身上有的
40 萬年幣。

很遜耶！

我們家也沒
那麼多錢啊。

沒錯。只要超過屋代牙美先生
準備的 10 萬年幣，
就不會多付錢，並且能夠
確實得標。

我認為這種
分配方式應該
還滿恰當的。

即使花掉11萬年幣，
也還有29萬年幣！

「11萬年幣！」店長大聲喊出。

「還有沒有其他人要出價？『招財貓小』以11萬年幣成交！」

咚！

輪到「招財貓中」。

隨著此起彼落的出價競標聲，價格不斷攀升。冷靜下來的店長開始思考。

砰咚

5萬年幣！

7萬年幣！

11萬年幣！

卡妮爾小姐剛剛說她帶了15萬年幣。所以要是想確實得標的話……

唉，又搶輸了—

大家也一起幫忙想一想。

16 萬年幣！

17 萬年幣！

同時，卡妮爾也提高音量大聲的喊。

「咦咦！卡妮爾小姐不是全部只帶了 15 萬年幣嗎？！」

「嗯哼，還真是個謀略家呢。拍賣會是一決勝負的世界，未必人人都說真話。」

既然不知道卡妮爾小姐身上有多少代幣，這場對決鹿死誰手，就很難預料了。

後面還有「大」，只剩下 13 萬年幣⋯⋯

卡妮爾小姐還真厲害。

店長，真是抱歉了♡。

這時，小鈴突然說話了。

你有偷偷帶私房錢對吧！把那些拿出來，力拚到底！

沒、沒有，我沒帶喔。

老爸在說謊喔。我要找出他藏私房錢的地方，讓他可以一決勝負！只要指出哪裡不對勁，他一定會露出破綻！

是在帽子裡面嗎？

雖說看眼神就能夠察覺是不是在說謊，不過當笑起來瞇瞇眼的時候，就很難判斷呢。

是在口袋裡面嗎？

是在鞋子裡面嗎？

啊ㄚ！ 說ㄕㄨㄛ在ㄗㄞ鞋ㄒㄧㄝ子ㄗ裡ㄌㄧ面ㄇㄧㄢ的ㄉㄜ時ㄕ候ㄏㄡ， 店ㄉㄧㄢ長ㄓㄤ的ㄉㄜ神ㄕㄣ色ㄙㄜ跟ㄍㄣ之ㄓ前ㄑㄧㄢ有ㄧㄡ點ㄉㄧㄢ不ㄅㄨ太ㄊㄞ一ㄧ樣ㄧㄤ！

錢ㄑㄧㄢ就ㄐㄧㄡ藏ㄘㄤ在ㄗㄞ鞋ㄒㄧㄝ子ㄗ裡ㄌㄧ。
小ㄒㄧㄠ鈴ㄌㄧㄥ馬ㄇㄚ上ㄕㄤ拿ㄋㄚ去ㄑㄩ換ㄏㄨㄢ成ㄔㄥ代ㄉㄞ幣ㄅㄧ，
交ㄐㄧㄠ給ㄍㄟ店ㄉㄧㄢ長ㄓㄤ。

「 沒ㄇㄟ想ㄒㄧㄤ到ㄉㄠ真ㄓㄣ的ㄉㄜ會ㄏㄨㄟ
用ㄩㄥ上ㄕㄤ它ㄊㄚ們ㄇㄣ……」

名偵探
布朗！

我原本打算在
紀念日那天用這筆錢
去燙頭髮的……

21

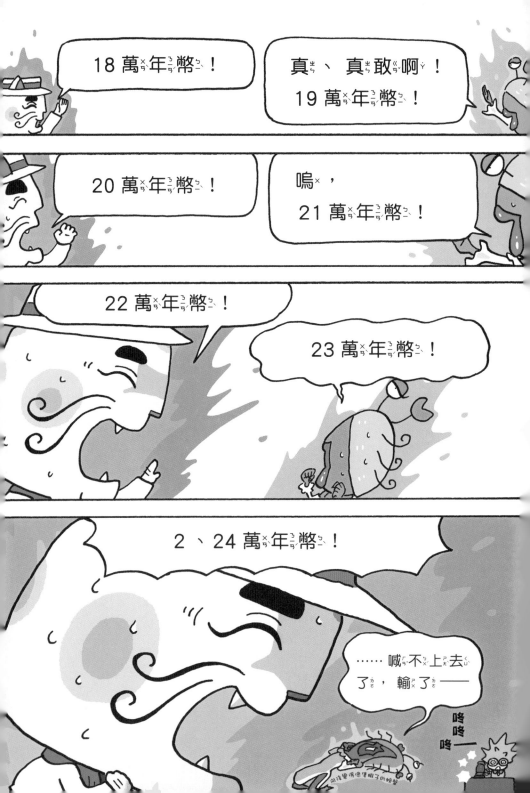

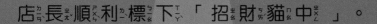

店長順利標下「招財貓中」。
然後，終於輪到
「招財貓大」出場。

喲喝

我要把所有的錢都砸下去！
10 萬年幣如何！

就順著這股氣勢，連
「大」也搶下來吧！
11 萬年幣！

真是輸給你了
啊……
店長♡。

# 1000萬年幣！！

# 1、1000萬年幣？！

鼠錢藏出的價錢，讓全場都安靜了下來。

咚！

那、那麼「招財貓大」就以1000萬年幣讓那邊那位紳士得標。

全部的拍賣都已經結束。
店長去拿自己得標的
2個招財貓。
「話說回來， 我真是被『大』的
價格嚇到了。 真有那麼高的
價值嗎？」小鈴問。
剛好屋代牙美靠了過來。
「真是遺憾啊。 你的對手絲毫
不留餘地。 對古藝品商鼠錢藏
來說， 拍賣競價根本就是
駕輕就熟的事。」

也有傳聞說他
私底下經手一些
黑心買賣呢。

比「大」還要重，
請小心拿喔。

喔喔，說曹操
曹操就到。

「還好和妻子及小鈴很像的
招財貓有到手……」
店長有點頹喪的說。
「雖然如此，為什麼鼠錢藏只
競標『大』的啊？沒把3個湊在
一起就不成組，以收藏來說沒啥
價值，又不是有名的藝術品。
明明是專業人士，卻沒眼光呢。」
屋代牙美說完以後離開了。

家裡不是有好多臉跟老爸很像
的招財貓嗎？從裡面隨便排
一個當禮物不就好了。

下次再去
喝咖啡喔 ♡

屁屁偵探一行人前往
停車場，準備回去。
但是……

突然<sub></sub>，有<sub></sub>好<sub></sub>幾<sub></sub>個<sub></sub>男人<sub></sub>
包<sub></sub>圍<sub></sub>住<sub></sub>屁<sub></sub>屁<sub></sub>偵<sub></sub>探<sub></sub>他<sub></sub>們<sub></sub>。

「您<sub></sub>們<sub></sub>今<sub></sub>天<sub></sub>好<sub></sub>嗎<sub></sub>？ 剛<sub></sub>剛<sub></sub>真<sub></sub>是<sub></sub>
一<sub></sub>場<sub></sub>白<sub></sub>熱<sub></sub>化<sub></sub>的<sub></sub>戰<sub></sub>鬥<sub></sub>， 呵<sub></sub>呵<sub></sub>呵<sub></sub>！」
從<sub></sub>那<sub></sub>群<sub></sub>男人<sub></sub>當中<sub></sub>露<sub></sub>臉<sub></sub>的<sub></sub>， 是<sub></sub>
鼠<sub></sub>錢<sub></sub>藏<sub></sub>。

「完<sub></sub>全<sub></sub>談<sub></sub>不<sub></sub>上<sub></sub>輸<sub></sub>贏<sub></sub>啊<sub></sub>， 局<sub></sub>勢<sub></sub>根<sub></sub>本<sub></sub>
就<sub></sub>是<sub></sub>一<sub></sub>面<sub></sub>倒<sub></sub>。 找<sub></sub>我<sub></sub>們<sub></sub>有<sub></sub>事<sub></sub>嗎<sub></sub>？」
小<sub></sub>鈴<sub></sub>問<sub></sub>。

其<sub></sub>實<sub></sub>， 有<sub></sub>個<sub></sub>請<sub></sub>求<sub></sub>⋯⋯

27

「呵呵呵！ 如果用錢買不到，
那麼， 不好意思， 就容在下以
力量奪取囉。」
「什麼？ 別開玩笑了。」
小鈴說。
「我可一點都沒在說笑。 不管
使出什麼方法， 我一定要把
招財貓弄到手才行！
還不快點動手！」
隨著鼠錢藏一聲令下， 男人們
全都直直衝向店長。

老爸，
危險！

這也是

工作

29

叩 咚 ！！

小鈴！

小鈴小姐！

居然敢對我的寶貝女兒動手……

這口氣怎麼忍得下去。

老虎不發威，被你們當成病貓是吧。

我從前在拳擊場上可是小有名氣呢。
被稱為疾風阿球。

我還是第一次知道店長以前打過拳擊呢。

搖晃……

阿球？

老爸的名叫阿球

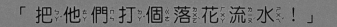

「把他們打個落花流水！」
一聽到鼠錢藏的指示，男人們
同時衝向店長。

你們放心！我可沒亮出爪子！
喵嗚啊啊啊啊啊啊啊啊啊啊——！

打趴他們！

老爸，
給他們點顏色瞧瞧！

「腰，我的腰……。歲月
不饒人……哎喲……我不行了！」
「沒辦法，果然還是得靠我！」
小鈴往前衝。

你們就通通一起來吧！

「嗯哼， 這樣下去可就危險了。
因為他們的目標是招財貓，
我來當誘餌爭取一點時間。
布朗， 你們先上車逃走。
然後， 我們在停車場前的
郵筒那裡集合。」

屁屁偵探抱著招財貓， 對著
那幫鼠黨說話。
「招財貓在這裡！」
男人們全部一起
衝了過來。

「屁屁偵探！來這裡！」
屁屁偵探迅速跳上小鈴的
摩托車。

嗯哼，
有順利爭取
到時間呢。

摩托車往前衝。店長的車
也全力向前開。就在這個時候，
緊追在後的男人們丟出
許多東西。

36

伴隨巨大的爆炸聲，
店長的車突然停了下來。

「嗯哼，好像是使用武器
讓輪胎爆胎了呢。」

使用武器真是太陰險了！

因為工作，我帶著各種各樣的東西。呵呵呵！

那不是武器。

是藝術品。

「不能不去救老爸他們！」
屁屁偵探阻止馬上想要
調頭的小鈴。
「嗯哼，在這裡被抓到
的話，就無法救店長
他們了。現在先逃，
回頭重新訂定計畫。」

為了擺脫那幫人的追趕，讓我們藉著地下通道的掩護，一路閃躲返回「幸運貓」吧。

從哪種顏色的箭頭指示進入，就從同一顏色的箭頭指示出來。

成功甩掉追兵的屁屁偵探和
小鈴回到「幸運貓」。
「到底是怎麼回事啦。對了！
得通報汪汪警察局才行！」
小鈴才剛伸手要拿電話聽筒，
電話鈴就響了。

店長已經落入我們手裡。
快拿招財貓來交換。
在港口等你們。要是膽敢報警，
可不保證這兩位的安危。呵呵呵！

嗯哼，有
可疑的氣味呢。
小的招財貓
比較重……

「把老爸和布朗抓去當人質，
真是卑鄙的傢伙！」
「嗯哼，因為不知道會遭遇
什麼樣的危險，港口就由我
去吧。」

我也
要去！

「我有事情要拜託小鈴小姐。
請在鼠錢藏先生不會注意到的
情況下，把汪汪警察局的人帶到
港口去。然後我想跟你借
摩托車……」

噗嗡喔！

另一方面，聚集在港口的
那幫鼠黨，正亂哄哄的在等
屁屁偵探到底何時才會出現。
「為什麼不惜做這種犯法的事，
也一定要搶到招財貓啊？」
店長問鼠錢藏。
「只要在拍賣會上得標
不就好了嗎？真是搞不懂。」
布朗也出聲說話。

明明就有
很多錢！

心急　　　心急

「我也一樣搞不懂啊！
因為說是最重的招財貓，
所以我才標下『大』的啊！」
聽到鼠錢藏的回應，店長
心中暗暗震驚了一下。
「在拿『中』和『小』的時候，
『小』非常重呢。」

小的反而比較重，讓我覺得好奇怪。

「原來最重的招財貓是
『小』的啊！首領下的
指示真是不清不楚。」

首領是指誰呢？

鼠錢藏突然瞪大了眼睛。
「我好像說太多了……。
既然被你們知道首領的存在，
那就只能讓你們消失了。」
「什麼？！怎麼回事？！」
「就是你聽到的。
連你等一下會來的
朋友，我們也
一併解決。」

做法　有很多種

MAGIC SHOW !!

啪！
你看，消失了

就在這個時候，騎在
摩托車上的屁屁偵探
出現了。

唧——

44

「嗯哼，我按照約定把招財貓帶來了喔。」

「那就拿過來。等東西到手，確認沒有問題，我就會放了這兩個人。」

鼠錢藏說。

屁屁偵探！這傢伙完全沒有要放我們走的意思，嗚嗚！！

嘴巴要

閉緊

45

「快點把招財貓拿過來！」

「我知道了。 那就應你的
要求， 迅速奉上。」

屁屁偵探催了油門， 以全速
衝向那幫鼠黨。

唰唰唰

「呵呵呵！ 這麼全速衝過來，
是想把我們通通撞飛吧！
你們反擊吧！」

男人們一起把各種武器
丟向屁屁偵探。

以那樣的速度摔倒，
會有什麼下場啊。

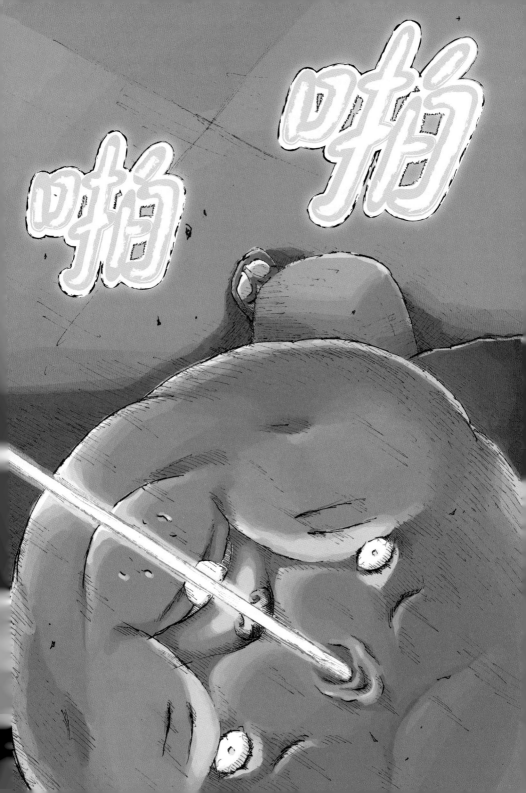

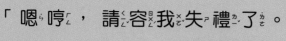

「嗯哼，請容我失禮了。
我認為你們為了想讓摩托車
停下來，一定會使用武器，
所以就在輪胎上加工了。」

好臭……
啊……

輪胎就
讓我賠償

噗嗡喔

謝、謝謝您，
屁屁偵探。

意想不到的……

這種下場．

---

屁屁偵探伸手拿起放在
一旁的「大」。
「果然很輕呢……」
「這麼說來，鼠錢藏先生也很
在意重量。這是為什麼呢？」
店長提出疑問。

嗯哼，只要調查3個招財貓就會清楚了。除了手上拿的日本古代小判金幣、臉和尺寸外，還有1處明顯不同。到底是哪個招財貓呢？

3個湊在一起，成為三連招財貓了！

沒錯。就是「小」。
項圈的後面有個缺口。

「這是什麼？這個缺口？」
布朗疑惑的問。
「嗯哼，馬上就知道了。」
屁屁偵探仔細檢查過「小」
之後，啪喀的從底部打開，
許多小判金幣掉了出來。
「它其實是個撲滿喔。」

在那個時候注意
到缺口。

「哦哦，原來裡面有小判金幣。都怪指示不清不楚，事情才會變成這樣。」
鼠錢藏渾身無力的說。

鼠錢藏嗚嗚嗚的哭出聲。
「每個人都會理所當然的認為最大的招財貓就是最重的吧。搞錯拍賣競標的招財貓，首領……怪盜G應該不會輕易饒過我吧。」

沉入　海底

怪盜G是？

鐵定會被除掉。

喂！你們還好吧——！

這時，去汪汪警察局通報的小鈴出現了。

「我們聽說了鼠錢藏跟犯罪集團有所交易的傳聞，正在進行調查。」

「如今鼠錢藏被捕，也許可以成為揭發犯罪集團的有力線索呢！」

「一定要讓他在偵訊時一五一十全部說出來！」

輪胎就讓你們負責賠償了。再寄請款單給你們喔。

56

隔天，正在看報紙的屁屁偵探，露出一臉若有所思的表情。

鴨迷路了呀？

## News新聞報

傳聞中的怪盜學院是?!

經過長久以來地毯式的採訪調查，終於證實國際犯罪組織「怪盜學院」的存在。做盡各種壞事，從世界各地搶奪金銀財寶。究竟首領是誰？成員有多少？分布在何處？各種未解的謎團只是愈來愈多而已。

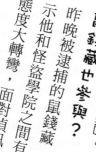

▲ 首領?!
取自國際刑警組織

### 鼠錢藏也參與?

昨晚被逮捕的鼠錢藏（42歲），一度暗示他和怪盜學院之間有所關聯。但之後態度大轉彎，面對偵訊始終三緘其口。

活動快訊

呼呼博物館開始展示小判

在拍賣會上競標的招財貓中，發現了小判這種日本古時候以純金鑄造的錢幣。請不要錯過它閃亮亮的光輝。

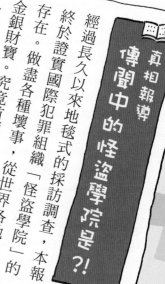

怪盜學院嘛……。
嗯哼，有可疑的氣味喔。

57

「真的耶！ 有香味呢！
是店長的料理嗎？」
布朗抽動鼻子吸氣。
「就是這樣！ 老爸的菜都
做好了喔。」
小鈴在事務所門口
探頭。 屁屁偵探和
布朗為了接受店長表達
謝意的招待， 腳步輕快的
前往「幸運貓」， 享用
一頓豐盛的大餐。

嗯哼，現在就來
享受店長的料理吧。

我肚子
餓扁了。

你可以期待
喔——

幸運貓落到誰手上？
～完結～

# 充滿回憶的招財貓

「幸運貓」的桌上擺滿了
各種讓人垂涎三尺的美味料理，
全都是店長費心費力做出來的。
「由於鼠錢藏先生被警方
逮捕了，所以『招財貓大』最後
就變成除了他之外出價最高的
我標到了。」

湊齊了一家人。

「真是太好了。不過，
好像很少聽到有人用招財貓
當結婚紀念日的禮物呢。」

布朗你說這話
完全沒說服力
呢！

小鈴，
你其實也
是哦……

「故事說來話長……」
店長有點害羞的開始
娓娓道來。

多虧這本書，
我好好研究了
一番！

20年前的某一天……

咻咻    咻咻

呵哈 呵哈
控制體重
好辛苦啊！

**1**

我掉到河裡，
差點兒就淹死了。

啊，
糟糕！

滑溜

**2**

我緊緊抱住
漂過來的東西，
沒想到是招財貓。

**3**

招財貓是一個女孩子
掉的。那個女孩就是
我現在的妻子。

**4**

哎呀，那時候可真年輕啊。

「從那以後，招財貓就成了我的吉祥物。每逢結婚紀念日，為了慶祝我們的初次見面，我會送她招財貓當禮物。」

「我想看看那隻促成你們兩位相遇的招財貓！」布朗說。

哦，我還以為就只是單純喜歡收集招財貓。

我也想認識很讚的女孩啊。

店長走進店內最裡面一間房間去拿招財貓。過沒多久，其他人卻聽到店長大叫一聲。

不見了！

屁屁偵探幾個也趕緊起身
往裡面走， 看到店長的
臉色慘白。

那個招財貓不見了！
去拍賣會之前， 它明明還在的！

就在店長把手搭在架上的
瞬間， 架子突然往前傾，
好多招財貓紛紛掉落到
店長的身上。

哇啊啊啊啊啊啊啊。

「我、我的事先別管，
招財貓就拜託了……呃。」
話才說完，店長就
閉上了眼睛。

喂，老爸！

「已經這樣拚命找還找不到，
是不是被偷走了呢？」
布朗說。
調查過窗戶和門的
屁屁偵探說話了。
「嗯哼，沒有硬把門
撬開的痕跡呢。」

平時門窗
都有好好上鎖喔。

「那麼，為什麼會沒有呢？ 難道
是自己跑掉了嗎？！」
布朗全身撲簌簌的發抖。
小鈴對屁屁偵探說：
「可以再拜託您嗎？ 請幫忙
找一下老爸的招財貓。」

雖然又是和
招財貓有關
的事。

放心吧，一切交給我。 我一定會
找到店長心愛的招財貓。

65

「嗯哼，首先，我想知道消失的
招財貓長什麼樣子。」

「因為我也是頭一次聽老爸說，
所以根本毫無頭緒。對了！
每次有新增加的招財貓，
老爸好像都會拍照！」
小鈴從抽屜裡拿出
資料夾。

這應該是最近拍
的照片吧。

只要和照片比對，
就能知道是哪隻
招財貓不見了。
到底是哪一個呢？

真是的。

沒錯。就是這隻招財貓。

難道是自己跑掉的嗎？

「真的很破爛呢。完全看不出有被偷竊的價值。」布朗說。

「嗯哼，看來又大又醒目呢。首先在『幸運貓』附近找找看有沒有人見過這隻招財貓吧。」

「就是到處打聽對吧！」

布朗話一說完就急著往外衝，屁屁偵探開口叫住他。

「等一下。有個方法找起來比較有效率哦。」

沒錯。
就是這3位。

屁屁偵探向他們問話。

我……沒……看到……呢。

哼哼哈，小鈴大人！我什麼
都沒看見喔！

先別說這個了，有個稱為鐵
道咖啡的特別活動，可以清
楚聽到電車呼嘯而過的聲音
呢，那個啊，哼哼哈，其實
我有2張活動入場券……

啊，謝謝，
我再找朋友
一起去。

我看到了喔！我有發傳單給
拿著這個的人。對方說：
「因為很近，我再去看看看。」
所以我記得很清楚。

什麼？這個
是招財貓？

原來不是自己
跑掉的！

「哦哦！ 是什麼樣的人呢？」
小鈴問。

「嗯嗯。 雖然我沒有看到臉，
不過頭髮好像綁了馬尾， 身上
穿著格紋襯衫和藍色長褲……」

「啊啊—— 。 做那種打扮的人
還不少耶。 不是什麼特別
有用的情報呢。」

小鈴有點沮喪。

謝謝你的
協助。

幸運

71

「不，有線索喔。」

屁屁偵探舉起手上的傳單。

「拿著招財貓的人不是說：

『因為很近，我再去看看。』

所以在傳單上這家店

附近出現的可能性很高。」

搜尋範圍一下子
縮小了很多。

原來如此！

美妝店

・推出全新美妝
　小道具

・現場備有各種
　試用品

屁屁偵探一行人
前往那家店。

美妝店

「假如你是問綁著馬尾，
穿格紋襯衫和藍色長褲的客人，
今天中午有來喔。」
「嗯哼， 你還有沒有記得其他
什麼事情呢？」

沒帶您那張照片上的
東西呢。咦？那個人
跟您身邊這位小姐感
覺還滿像的……

「當我說明美妝道具時， 她開心
的說：『應該可以化出很美的妝
呢。』還送了我這個表示謝意。
店員很高興的拿出胸章
給大家看。

哈哈哈

屁屁偵探一行人從店裡走出來。

「線索斷掉了呢。」

布朗灰心洩氣的說。

查看著四周的屁屁偵探
說話了。

這裡有塊招牌的圖案，跟剛剛
店員給我們看的胸章圖案
是一樣的呢。 那也許可以
成為線索。 我們去看看。

74

沒錯。 就是這裡。

對！

從厚重的門的另一邊
傳來重低音的聲響。
「這裡是做什麼的啊？
燈光昏暗又雜亂， 好可怕。」
布朗小聲的說。
「嗯哼， 音樂展演空間。」
接著， 屁屁偵探轉頭
對小鈴說。

音樂展演空間，顧名
思義是以音樂演奏
活動等為主，客人可以
享受音樂的地方。

拿走招財貓的， 其實是
小鈴小姐的媽媽吧？

小鈴有點不好意思的回答。

「應該是這樣沒錯。

屁屁偵探是什麼時候

注意到的？」

「在獲得綁馬尾加格紋襯衫

還有藍色長褲的

目擊情報那時候。」

因為事前看過某樣東西，所以
才能這麼推理。你覺得那件
東西是什麼呢？

沒錯。 就是小鈴小姐
昨天給我看的媽媽的照片。

綁馬尾和
格紋襯衫還有
藍色長褲。
平時的裝扮跟
目擊情報一模一樣。

「從『幸運貓』的鑰匙孔
沒有被撬開的痕跡，
知道那個人有鑰匙，
加上打扮和目擊情報
一模一樣的人沒有幾個。
根據以上的線索， 就推理出
你的媽媽應該跟這件事有關係。」

「哦哦——。那麼，在門的
另一邊有小鈴小姐的媽媽囉！
她在這裡做什麼呢？」
布朗興奮的問。
「欸，進去以後就會知道囉。」
小鈴打開音樂展演空間
的門。

哦喔喔喔喔

是誰
在唱歌？

哦喔喔　　　　　　喔喔喔！！

哇ㄨㄚ啊ㄚ——！妖ㄧㄠ怪ㄍㄨㄞ——！！！

正ㄓㄥ在ㄗㄞ演ㄧㄢ唱ㄔㄤ的ㄉㄜ人ㄖㄣ

嚇ㄒㄧㄚ了ㄌㄜ一ㄧ跳ㄊㄧㄠ，看ㄎㄢ向ㄒㄧㄤ小ㄒㄧㄠ鈴ㄌㄧㄥ。

「小ㄒㄧㄠ鈴ㄌㄧㄥ？！為ㄨㄟ什ㄕㄣ麼ㄇㄜ在ㄗㄞ這ㄓㄜ？」

「我ㄨㄛ們ㄇㄣ在ㄗㄞ找ㄓㄠ招ㄓㄠ財ㄘㄞ貓ㄇㄠ，結ㄐㄧㄝ果ㄍㄨㄛ

就ㄐㄧㄡ到ㄉㄠ了ㄌㄜ這ㄓㄜ裡ㄌㄧ。」

我明明聽說
你這星期
不會來打工。

我有的時候
會來這裡
打工。

「那個妖怪……，不，那個人真的是小鈴小姐的媽媽嗎？！」
布朗感到很困惑。
「我媽是『LUCKY CAT』樂團的主唱，時常在世界各地表演呢。」

呵呵呵，真不好意思，嚇到你們了。我化妝了啦。

首先使用髮蠟讓頭髮豎起來

然後在臉上畫上圖案就完成了！

現在正在排練吧。

小鈴氣鼓鼓的說話。
「為什麼一聲不吭的就把招財貓拿走了啦。」
這時候，音樂展演空間的老闆走了進來。

嗨，小鈴。

「小雪小姐想在
結婚 20 週年紀念日那天，
給店長和小鈴一個神祕驚喜
演唱會。 雖然平常在
『LUCKY CAT』的舞臺上
就總會用招財貓當裝飾，
但是這次想要特別放上
最重要的招財貓。」

我是約翰・馬本，
請叫我約翰就
可以。

「沒說一聲就拿走真是
對不起。 那隻招財貓是
爸爸和我的愛情信物……。
我想說要是把它裝飾在舞臺
上， 他應該會很開心。」

根本開心不起來，
事情變得很糟糕
呢。

嗚嗚—
河的那
一邊…
…招牌…
…貓……

「可是好像沒有在舞臺上看到
那個招財貓呢？」
布朗歪著頭覺得疑惑。

嗯哼，有哦。
你知道是哪一個嗎？

雖然外觀改變了，不過
形狀一樣喔。

沒錯。
就是這個。

用化妝用品把它
畫得很可愛哦，
你們覺得如何？

小鈴小姐的
笨拙原來是
像媽媽呢！

神祕驚喜演唱會的時間就快到了。
小雪把票交給小鈴。
「把爸爸帶來喔。 當然
我的事情要保密哦。」
「交給我吧！」
小鈴很開心的接過票。

我原本打算送票
過去的，那就
拜託你了。

「樂團嗎？ 好帥氣啊！」
布朗說。 小雪聽到後問：
「你願意參加
等會兒的現場
演出嗎？」

要是你們上臺演出，爸爸
一定也會大吃一驚。屁屁
偵探有擅長的樂器嗎？

每種樂器都
會玩一點，
嗯哼……

咈嗚嗚嗚嗚嗚嗚喔……

神祕驚喜演唱會開始了。

你們倆！來得正好！

小雪?!

老爸，快點！

「今天，要為了20年前和我初次相遇的，對我很重要的人以及我心愛的女兒而唱！」

通宵跳舞跳到翻白眼！快跟我一起盡情搖擺啊啊啊！！！

小雪！

熱烈的演唱會持續了一整晚。

小雪——！
我愛你——！

氣氛真是熾熱啊！

隔天，屁屁偵探正在包裝擺在桌上的盤子。

「那禮物是做什麼用的？」

「呵呵，結婚紀念日哦。」

「什麼？！你有結婚嗎？！」

「不，是我父親大人和母親大人的哦。」

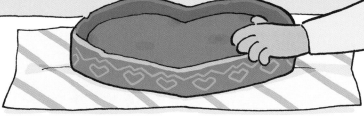

「你是在什麼時候準備的啊？」
布朗搔了搔頭，好奇的問。

嗯哼，你覺得
是什麼時候呢？

沒錯。在拍賣會的時候。
我發現了非常適合送給
父親大人和母親大人的禮物。

丹迪先生
一定會很
開心!

看啊!這個形狀!這個圖案!
這是很久很久以前
很珍貴的盤子哦!

我要擺盤了,
快點拿過來給我。

充滿回憶的招財貓
～完結～

尋找隱藏在故事中的金色屁屁!

下面是書中隱藏問題的答案喔！

**第7頁** 尋找 3 個屁屁

**第8-9頁** 尋找 3 個屁屁

**第34-35頁** 尋找 5 個屁屁

**第38-39頁** 尋找 5 個屁屁

**第69頁** 尋找 3 個屁屁

**第74-75頁** 尋找 12 個屁屁

**第76頁** 尋找 1 個屁屁

**第83頁** 尋找金色屁屁！

屁屁偵探讀本 幸運貓落到誰手上！

文・圖／Troll
譯／張東君

主編／張詩薇　美術設計／郭倖惠　編輯協力／陳采瑛
總編輯／黃靜宜　行銷企劃／叢昌瑜
發行人／王榮文
出版發行／遠流出版事業股份有限公司
地址／104005台北市中山北路一段11號13樓
電話：（02）2571-0297　傳真：（02）2571-0197
郵政劃撥：0189456-1
著作權顧問／蕭雄淋律師
輸出印刷／中原造像股份有限公司
□2020年10月1日　初版一刷　□2021年6月30日　初版九刷
定價280元
若有缺頁破損，請寄回更換
有著作權・侵害必究　Printed in Taiwan
ISBN 978-957-32-8870-1

遠流博識網　http://www.ylib.com　E-mail：ylib@ylib.com

國家圖書館出版品預行編目 (CIP) 資料

屁屁偵探讀本：幸運貓落到誰手上！／ Troll文.圖；
　張東君譯. -- 初版. -- 臺北市：遠流, 2020.10
　88面；21×14.8公分
　ISBN 978-957-32-8870-1 (精裝)

861.599

109013525

## 幸運貓落到誰手上！

首領？怪盜G？到底是誰啊？無論如何，鼠錢藏真是個很壞的傢伙！居然想讓我們消失掉。差點兒就變成海裡的海藻。咦，是海藻？天還早？洗澡？腦筋有點混亂了，奔波了一天，今天還是早點睡吧。

## 充滿回憶的招財貓

雖然被小鈴小姐的媽媽嚇了一大跳，但是他們即使沒有在一起生活，也彼此互相思念，真是溫馨甜蜜的一家人。我的第一次演唱會經驗也好好玩！不過從半場左右開始，眼前就變成一片黃色，完全沒有記憶。是不是太過興奮了呢？

摘自 布朗日記